청어詩人選 440

사공의 뱃노래

어부 시인 김근이
네 번째 시집

청어

사공의 뱃노래

김근이 지음

발행처	도서출판 청어
발행인	이영철
영업	이동호
홍보	천성래
기획	남기환
편집	이설빈
디자인	이수빈 | 김영은
제작이사	공병한
인쇄	두리터

등록　　　1999년 5월 3일
　　　　　(제321-3210000251001999000063호)

1판 1쇄 발행　2024년 5월 20일

주소　　　　서울특별시 서초구 남부순환로 364길 8-15 동일빌딩 2층
대표전화　　02-586-0477
팩시밀리　　0303-0942-0478
홈페이지　　www.chungeobook.com
E-mail　　　ppi20@hanmail.net

ISBN　　　979-11-6855-245-6 (03810)

사공의 뱃노래

어부 시인 김근이
네 번째 시집

시인의 말

   내가 어릴 적부터 몸에 배어든 바다 냄새가 내 진국이 된 듯하다. 나는 일찍이 어부가 되었고, 영일만에서 야간 유자망조업을 하는 배에 선원으로 올랐다. 나이 많은 어른들 틈에 끼어서 바다 일과 배를 운전하는 사공 일을 열심히 배우면서 시간이 나는 대로 책을 읽고 시를 쓰는 일을 게을리하지 않았다.

   오후 네 시가 넘으면 장화를 신고 책을 옆구리에 끼고, 어머니가 넘겨주시는 도시락을 들고, 어젯밤 작업에서 돌아와 집 앞 물가에 닻을 내렸다. 배를 띄워놓은 바닷가 자갈밭에 앉아 선원들이 집으로 들어가 밤에 못 잔 잠을 보충하고 작업 준비를 하여 시간에 맞춰 나오기를 기다리고 앉아 있었다. 먼바다를 내다보면서 오늘 밤 작업에서 고기를 잡을 생각보다는 바다를 유유히 떠다니는 시어를 낚느라 여념이 없었다.

   이것이 나의 생활이고 나의 시의 학습이었다.

   나는 일찍 학교를 포기하고 고기를 잡는 어부가 되었다. 중학교 일학년에 세 학교를 거치면서 이학년 교실을 밟아보지 못하고 학교를 그만두었다. 오후가 되면 혼자서 이웃에 있는 초등학교 일학년 교실을 전세를 내듯 하여 교실 구석진 자리에서 독학을 시작했다.

지금 생각하면 그때 일이 한없이 부끄러워진다.

그 세월도 잠시 4, 5년 후 나는 기지개를 켜고 일어나 그당시 소문난 사공 어르신을 따라 바다로 갔다. 그러나 그때도 역시 옆구리에 끼고 다니던 책은 버리지 않았다.

책이 중학생 교과서에서 소설책이 아니면 시집으로 바뀌었다. 그해 돈은 벌지 못했지만, 사공 어르신으로부터 '용왕의 아들'이란 별칭을 받았다. 그런데 가을이 오면서 연안에서 너무 고기가 잡히지 않았다. 따라서 마을 어른들과 함께 속초까지 오징어잡이를 갔다. 그리고 난생처음으로 돈을 벌어와 어머니에게 드렸고 끝내 그 돈을 받은 어머니는 울고 말았다. 나는 어린 나이였지만 일은 열심히 배우고 돈은 열심히 모았다.

마침내 24살에 내 배를 만들었고 선주가 되어 직접 배를 몰고 다니며 조업을 하는 사공이 되었다.

2002년도에 첫 번째 시집을 시작으로 세 권의 시집을 만들었다. 첫 번째 시집은 어쩌다 방송에 나가면서 세 번이나 책을 찍어서 무상으로 나누어 주었다. 첫 시집 『찔레꽃 피는 날과 바람 부는 날』은 책이 많이 나갔다. 내가 나가던 시인협회를 통해 이름있는 시인들에게 알려졌다. 이후 세 권의 시집을 출간, 서점에는 내지 않았고 대부분 우편으로 지인들과 이름있는 작가들에게 보냈다.

이번에 올리는 시들도 오래전에 쓴 것이 많고 근간에는 자서전과 수필집을 내느라 시에는 신경을 쓰지 못했다. 아마도 이 시집이 내 생전 마지막 출판이 되지 않을까 생각된다.

나는 많이 쓰진 않았지만 내가 쓴 작품 속에는 내 삶이 오롯이 녹아들어 있다. 나는 내 삶을 벗어나서는 작품이 제대로 구성되지를 않았다. 그것은 아마 내가 살아온 생활 전선이 좁고, 평생을 오로지 한 가지 일을 가지고 몸으로 익히고 머릿속에 담아 오면서 집중했기 때문인 것 같다.

짧게 쓴 시 속에도 나의 삶이 묻어 있고, 웃고 돌아서는 이별 뒤에도 가슴 한곳이 저리도록 상처를 남겼다.

독자분들께는 내가 쓴 작품 속으로 너무 깊이 빠져들지 말고 마음에 보이는 것만 읽어 달라고 부탁드리고 싶다.

노을이 지는 바닷가에서
김근이

차례   5   시인의 말

제1부
어부가 쓴 일기장

16   새로운 시작

17   하늘길

18   꼭지

19   파도

20   떠난 사람 보낸 사람

22   사랑이 마음에서 떠날 때

24   노을빛

25   코스모스

26   갯바위

28   어부의 통곡

30   어부가 산으로 갔다

32   바닷가 봄 풍경

34   어부가 쓴 일기장

36   새해를 맞으며

37   새벽 별자리

38   꿈에 젖은 삼다도

40   야생화

42   어머니의 오월

44   오월의 언약

46   오월이 오면

47   영일만 비경(秘境)

제2부
계절과 계절 사이

50 　바다 저 푸른 영혼

52 　가을비

53 　가을 하늘

54 　추몽(秋夢)

56 　환청(幻聽)

58 　봄을 품은 산

59 　끝과 시작

60 　사공의 뱃노래

62 　파도 소리

63 　갈매기

64 　노적암(露積岩) 소나무

66 　구룡소(九龍沼)

70 　계절과 계절 사이

72 　늦더위

74 　절망

76 　가족

78 　사랑병

80 　고독

82 　원망

제3부
인연에 대하여

86   용왕의 아들

88   앞만 보고 걸어라

90   6월에는

92   할머니의 유모차

94   바다가 좋았다

96   어부의 바다

98   고향

100   파도 2

102   인연에 대하여

103   짝사랑

104   자연의 고향

106   바람이 일러주고 가는 말

110   오월이 오는 길목

112   관광버스

114   수평선

116   낙엽

117   연륜

118   우리 어무이

제4부
영혼의 고향

122 사진 속에 그리움

123 가을 명상(冥想)

124 세월 무상

125 새벽 산책(散策)길

126 비움의 고독

127 시간의 여백

128 아버지

130 수평선

132 대화

134 하얀 돛단배

136 오늘은 간다

138 마음이 슬픈 날

140 장마

142 새로운 마음으로

143 영혼의 고향

144 내가 사는 고향은

146 고별(告別)

150 상사화

152 당신의 흔적

154 고향길

157 영일만을 건너가는 봄

158 인생 난간에서

160 아버지의 늦은 귀가

161 어머니의 세월

162 바람의 울음소리

165 하늘 계단

166 인생 구비

168 겨울을 건너는 다리

사공의 뱃노래

우리 집 앞, 태풍이 오면 파도가 험하게 몰려들어
임시방편으로 쌓아둔 파도막이. 일명 삼바리.

제1부

어부가 쓴 일기장

새로운 시작

시간 너머에는
언제나 시간이 있었다

마지막은
언제나 처음으로 돌아오고

그 처음에서
희망을 가졌다

긴 방황의 끝
새롭게 출발하는
시점에서

신호를 기다리는
시작
그 끝에는

찬란한
푸른 불빛이 있었다

하늘길

바다에 뜬 수평선은
오늘도 멀다
바다는 배를 깔고 엎드려
등을 내민다

길은 하늘을 치솟는데
마음은 수평선에
매달려 있다
바람이 분다
바다는 물 위에 뜨고

외등 불빛에 매달린
작은 포구들이
물결에 일렁이며
흐느낀다

무겁게 내려앉은 적막
방파제에 목을 맨 어선들
겨울 긴 밤을
어부는
하늘길이 열리는 꿈을 꾼다

(대한문학 2015년 여름호)

꼭지

불안하게
매달린
삶

어느 날
떨어져 내린
열매 앞에
허물어지는
꿈

꼭지에 남은
상처로
인생을 본다

파도

바람이 불면
살아서 밀려드는
파도
몸부림치며
밀려와
차가운
모래밭 위에
하얗게 부서지는
슬픈 미소 같은
그리운 얼굴
그려 놓고
눈물 자국
남기고
밀려간다

떠난 사람 보낸 사람

간다기에 보낸 사람
아쉬워
후회될 때면
떠났다고
마음
다잡았지요

떠난 사람
그리워
원망스러울 때는
보냈다고
마음
달래었지요

어둠을
밝혀주는
작은 등불처럼
가슴에 고이 간직하고
살아왔지요

작은 바람에도
꺼질세라
원망도
후회도
하지 않았습니다

(문학 춘추 2015년 겨울호)

사랑이 마음에서 떠날 때

사랑이 마음에서 떠날 때
사람들은
남은 찌꺼기 안주 삼아
빈 가슴속을 술로 채운다

세상이 곤두박질치고
등골에서 식은땀이 흐르도록
마시고 나면
언제쯤은 텅 빈 방 안에
남겨진 외로움을 만난다

어느 날
곱게 단장하고 돌아오는
그리움을 맞아
가슴에 무덤을 만들고
세상을 나서면
하늘이 무겁다

가슴에 묻은 그리움이 가여워
술을 권하고
휘청 그리는
인생이 서러워
뛰쳐나간 세상

빛의 눈 부심 때문에
울어야 하는
사랑이 마음에서 떠날 때
세상은 온통 어둠이었다

노을빛

조개구름 사이로
내리는
노을빛이 곱다

바닷가 절벽에
매달린
소나무 가지 사이로
여인의 수줍은 미소 같이
붉게 물든 하늘

서서히 내려앉는
황혼 속으로
떠나가는 여인의
멀어지는 뒷모습처럼
애틋하게 내려앉는
노을빛

(문학공간 2016년 1월호)

코스모스

신작로
길섶에 서서
가을을 지키고
서 있는 여인
분홍색 저고리
소맷자락에서
외로움이
떨어져 날린다

산등성이 너머로
떠오르는 태양에
이슬 젖은
그리움을 말리며
꽃잎에
향기 담아
가을을 건너가는
여인의 초상(肖像)
코스모스

갯바위

작은 갯바위 위에
아이가 낚싯줄을 담그고 앉았다
참 오래된 세월이다
낮은 바람에 밀려오는
파도가 첩첩이 쌓인
세월을 씻어내린다

밀려드는 파도 앞에
알몸으로 버티고 선 갯바위
쌓아온 많은 사연 들을
오늘은 갈매기가 물어 나른다

저녁 햇살을 입에 물고
밀려드는 파도에
젖은 엉덩이를 털면서
일어나는 아이
잡은 고기를 옆구리에 차고
섬돌을 건너온다

파도는 또 그 세월을
씻어 내리고
붉게 물들어가는
황혼빛에
잡은 고기들이 익어간다

(문학공간 2015년 4월호)

어부의 통곡

삼십 년을 함께해 온
낡은 어선으로
목숨 줄을 매달아 온 늙은 어부가
새벽 어두운 바다에서
암초에 걸려 배를 잃었다
폐선이 되어 끌려 나온
찢어진 옆구리에서
물을 토해 내면서
성(城)주*가 통곡을 한다

하늘은 왜 저리 높은가!
살아온 삶 속에는
남은 눈물이 없다
찢겨나간 옆구리의 통증이
반평생 함께해온
인연 끝자락에 매달려
가슴을 아프게 한다

가엾고 미안한 마음에
마주 볼 수도 없다
외면한 눈 속에 담겨있는
희멀건 하늘가에
서글픈 삶의 끝이
매달려 출렁 그린다

(문학 미디어 2016년 봄호)

* 성주: 배를 지키는 신(神)

어부가 산으로 갔다

바다가 진노를 한다
죽은 자에게
잡아간 고기들을
내어놓으라고 한다
허연 이빨을 드러내고
앙갚음을 하겠단다

어부는
아무것도 가지고 간 것이 없다
바닷물 한 바가지도
한 마리 고기도

미련스럽게
가슴속에 품고 있던 그리움도
내려놓고
눈감은 이마 위로
하얀 파도를 뒤집어쓰고
빈손으로 갔다

애틋한 삶을
늘려 잡지 못하고
밀리고 끌려가던 삶도
접어놓고
비린내 나는 옷 벗어 던지고
지그시 감은 두 눈에
바닷바람에 흘러내린
시린 눈물 머금고
푸른 바다 가슴에 끌어안고
산으로 갔다

(문학 미디어 2016년 봄호)

바닷가 봄 풍경

나지막하게 주저앉은 섬돌
작은 파도가 바퀴를 돌리며
넘나드는 장난 서른 물놀이에
날개 속에 주둥이를 묻고
낮잠을 즐기던 갈매기
설친 낮잠이 아쉬운 듯
개으른 날갯짓으로 날아오른다

더딘 발걸음으로
산을 내려오는 봄
갯가에 발을 담그고
마중 나온 작은 물결들을 밟으며
바다를 건너가는
젖은 발자국 소리

세월에 얽여 끌려가던
지친 겨울 잔상이
봄바람에 밀려와
섬돌에 매달려
아쉬운 듯
젖은 소리로 흐느끼는 삼월

꼬리를 치켜세운 물새들이
사랑놀이하며 건너뛰는
젖은 섬돌 위에
내리는 햇빛이
지겹도록 길게 느꼈던 겨울
얼어붙은 세월을 녹인다

어부가 쓴 일기장

어부가 쓴 일기장을 열면
바다 향기 가득히 품은
파도 소리에 휘말려
길게 목을 빼고 울어대는
갈매기의 처량한 울음소리가
들려온다

바다 위에 내려놓은 인생
그 긴 세월 속에
희로애락이 있었던가
고기들과 나눈
가난한 대화로 엮어온 인생
자연의 순리로 풀어온 삶 속에
얽히며 맺은 인연
가슴속 애틋한 정으로
보듬고 살아온 영혼들

푸른 바다에 팔매질 처 버린
꿈
비 오고 눈 내리고
바람 불어 파도치는
암울했던 그 세월
고이 접어 간직한 일기장

새벽 바다 여명 끝으로
밝아오는 태양 빛에
세월이 안겨준
가슴속 묵은 회포를 풀어
무원(無願)의 미소로 담아 놓은
어부가 쓴 일기장 속에는
긴 여정에 지친
세월이 녹아있다

새해를 맞으며

잠들지 못하는 오늘 밤은
두렵다
과거 속에 묻힌 내 역사들이
꾸역꾸역 머리맡에
내려 쌓인다
어느 때는 인생을 바치고 싶었던
시작도 못 해본
묶은 꿈들을
새해 아침
떠오르는 태양에 매달아
하늘로 보내야겠다
미련이 많은 것부터
사연이 있는 것부터
서서히 비워내고
멀대같이 큰 키로
휘적휘적
바람을 타고 가는 갈대처럼
나도 세월을 타고 가야겠다

(문학공간 2016년 8월호)

새벽 별자리

물기 젖은
새벽 별자리

보고 싶은 얼굴
걸어놓은 새벽 별자리
세월은 갔어도
별자리 그대로인데
잡힐 듯 가까웠던
그 별자리
너무 멀구나

새벽이 열리는
하늘 끝
홀로 남아 떨고 있는
새벽 별자리
품에 안고 잠들고 싶었던
그 얼굴
물기 젖은 눈동자
새벽 별자리

꿈에 젖은 삼다도

돌 많고 바람 많고 여자 많은 삼다도
오늘은 바람만 많다
서귀포 다리 아래
내려앉은 바다
항구에 목이 매달린 어선들
휴식에 들었다

낮은 사람들 발걸음 소리에
밀려가는 삼다도의 하루
비 그친 오후
차분히 내려앉은 도심
세계의 파도 속으로
휩쓸려 드는 꿈에 젖은 삼다도
휘청 그리는 흔들림을
잡아주는 사람 없다
모두가 일상에 동분서주하며
세월을 따라가는 삼다도 사람들

바다 위에
찍어 놓은 작은 점 하나
각양각색의 무늬 속에
숨죽인 삼다도의 밤이
휘 양 찬란한 불빛을 뒤집어쓰고
하늘로 날아오른다

불확실한 모습으로
관광객 시선에 비친
지금 제주는
세계로 가는 기차표를 들고
꿈에 젖은 채 소란스러운
공항에서 서성거리고 있다

(2016년 4월 7일 제주 관광에서)

야생화

산자락 잡초 속에서
수줍은 듯 피어있는 야생화
순수한 자태에 곱게 묻어나는
향기
그 아름다움 어디에 비할까
찾아 주는 이 없는 외진 산자락
숨어 핀 꽃이라
더욱 화려하고 곱구나

잘난 사람들 틈에 끼어
밀려나는 또 한 무리 사람들
넘어지면 죽을세라
목숨을 건 절대적인 몸부림
저 황망한 굿판에도
야생화 한 포기 섞여
피었으면

다 저문 인생 황혼에
나 역시도 혹시나 하여
돌아보니
언제쯤에는
저 야생화처럼 화려하게
피었던 때가 있었을까
이름 모를 그 꽃
홀로 지는 것이 애처로워
야생화란 이름으로
내 시속에 심어놓는다

(2016년 5월 정치판을 보면서)

어머니의 오월

오월이 꽃들을 거느리고
사월이 깔아놓은
초록 숲에 내려앉았다
화려한 귀환이다

제법 따가워진 햇볕 아래
밀짚모자 눌러 쓰고
밭고랑을 누비시던 어머니의 오월
그 세월만큼이나 서러워지는
오월에 기대여 바라보면
그때 세월이 슬프게 안겨 온다

아카시아꽃이 만발한 언덕
오월이 꽂아놓은 깃발이
가슴을 펄럭이게 하는
세월 난간에 선 어머니

돌아보면 화살같이 스쳐 간
어머니의 세월
그 세월 속에 심어두고 온
눈물 꽃 피우지 못해
죄인으로 돌아간 인생 아쉬워
이 오월을 기다렸을까

그 혹독한 보릿고개를
숨차게 오르시든 어머니의
잦은 발걸음에 채이든 오월이
그 세월을 벗어던지고
지금은 왕관을 쓰고
화려하게 돌아오고 있다

(문학 미디어 2016년 가을호)

오월의 언약

찔레꽃 넝쿨 앞에 나란히 서서
기도하는 마음으로
우리는 꽃을 땄다
나는 내 나이 숫자대로
너는 네 나이 숫자대로

우리는 마주 보며
서로에게 꽃을 먹여 주며
눈으로 언약을 했다

철없든 그 시절
가을이 되어 열매가 붉게 익으면
우리는 다시 찾아와
나이만큼 열매를 따서
먹여 주며 그 언약을 다짐했다

그리고는 까맣게 잊어버린
그 언약이
많은 세월 속에서도
빛바래지지 않은 채
곱게 세월을 비집고 나온다

화사한 오월의 햇볕이
하얀 찔레꽃 넝쿨 위에
쏟아지면
나는 그 세월을 찾아와 머문다

오월이 오면

하얀 꽃길을 내가 가고 있다
오월이 되면 그리워지는 사람
별시리 찔레꽃을 좋아했던 사람
이제는 그 길에서는 볼 수 없는 사람
가을이 저물어 가던 날 낙엽을 따라
날려간 사람

아침 이슬이 은빛으로 매달린 풀밭
이슬 젖은 발등으로 다가서면
자꾸만 수줍어 떨어지던 꽃잎
눈짓 사랑으로도 가을이면 빨갛게 익은 열매를
허물없이 내 가슴에 전해주던
찔레꽃 열매가 익어가는 가을

하늘가에 조각구름처럼
흘러간 사람

영일만 비경(秘境)

서산이 지는 해를 품고
석양에 누우면
붉게 타는 하늘이
바다 위에 황금빛을 뿌려놓는다

우주의 법칙이 만들어
인간에게 주는
영일만의 황홀한 비경이다

검은 산 그림자 위로
붉게 타오르며 춤을 추는
노을의 무대 아래
새색시 마냥 수줍은 듯
붉은 석양빛에 젖어 드는 바다

깊은 사색에 젖어
석양에 적셔진 저 바다를
오늘은
가슴이 터지도록 안아 보고 싶다

(문학공간 2016년 12호)

고향 마을로 들어가는 고개

제2부

계절과 계절 사이

바다 저 푸른 영혼

바다는 오늘도
그리움에 젖은 듯
말이 없다

어릴 적 바다가 주는
그리움 하나
영혼인 듯
가슴속에 품고 살았다

가난에 볼모로 잡힌 바다
해무 속에 묻혀
외롭고 힘들어
통곡하던 시절

그 여린 마음을
연민(憐憫)으로
감싸주던 바다
그 정에 기대어
평생을 건너온 바다에는
남겨진 발자국도 없다

수평선 끝 같은
아련한 꿈 하나
가슴속에 품고 살아온 인생
온건히 내 인생을 품은
바다 저 푸른 영혼

가을비

세월을 비집고 내려오는
그리움 같은 가을비
젖어오는 촉감이
채찍같이 마음을 깨운다

사랑은
가을비 속을 헤매다
돌아오는 나그네

휘휘 바람을 등에 업고
가을을 건너가는
억새꽃 파도 위로
비에 젖은 세월이 건너가는 소리

오랜 세월
그리움을 품고 살아온 사람들
머물지 못해
떠나고 비워진 빈자리
그 공허함을 적셔주는
가을비

(시 세계 2016년 겨울호)

가을 하늘

높고 푸른 하늘
비워진 공간을
유유히 흘러가는 조각구름
한 폭의 그림을 보는 듯
아름답다

그 모습이 때로는 코끼리였다가
어느 순간에는
먹이를 쫓아가는 사자였다가
마지막 사라지는 모습은
그리운 얼굴로
빈 하늘엔
그리움이 남았다

너무 높아진 하늘을
바라보는 가슴이
움츠러들어
휑하게 비여 진 마음에
슬픔으로 펼쳐진
가을 하늘이 외롭다

추몽(秋夢)

잠든 베갯머리
파도가 밀려든다
등골이 서늘하다
나는 파도에 휩쓸려
바다 한복판으로 밀려간다
소년이 작은 전마선을 타고
노를 저어 힘겹게
파도를 넘어가고 있다

어디선가 그물을 걷어 올리는
어부들의 힘찬 함성이 들리고
만선의 깃발을 올린 배가
검은 연기를 뿜으며
포구로 돌아온다

갑판 위에 퍼질러 앉아
도마 위에 내 인생을 펼쳐놓고
포구를 휘돌아 나가는
가을을 붙잡고
주거니 받거니 마신 술에 취했다

몽롱해진 꿈에서 깨어나
하늘을 쳐다보니
가을밤을 밝혀주는 보름달이
전깃줄에 걸터앉아
한가롭게
내 모습을 내려다보고 있다

환청(幻聽)

나 여기서 참 오래 살았다
태어나서 고기 잡는 어부로
한평생을 보냈다
그 세월을 뒤척이면 마음이 아파
그냥 가슴에 묻어놓은 사연들
떠날 때는 내려놓고 가야겠지

들어내 놓고 자랑할 것도 없고
남겨놓기 아쉬워
죽을 때 가지고 가고 싶은
욕심나는 것도 없다
내 손끝에 매달려
삶을 애걸하던 고기들이
팔딱거리며 몸부림치던 감촉과
나를 쳐다보던
초롱초롱한 눈망울들은
바다에 던져 놓고 가야겠지

돌아갈 때는 무얼 가지고 갈까
평생 정들었던
파도 소리 갈매기 소리는
내 귀에 매달려 따라오겠지
때로는 소름 끼치도록 두렵고
눈물 나도록 서러워도
잠시라도 떠나있으면
내 귓가에 울려오는
파도 소리의 환청
눈물겹도록 정다운
그 소리의 여운

봄을 품은 산

비에 젖은 산이
봄을 품고 성큼 내려앉는다
입춘을 지난 햇볕이
아직은 찬바람에 쫓겨
언덕배기에 몰려 앉아
겨울과 이별 대화를 나눈다

낮은 언덕 위에서
내려다보는 바다는
봄을 시샘하는 바람에
산산조각으로
부서지며 밀려간다

바다를 건너오는 바람이
새 차게 봄을 밀쳐 보지만
계절은 이미
봄을 품었다

산은 기지개를 켜고
나무들은 깊은 잠에서 깨어나
흐름의 원칙을
따라가고 있다

끝과 시작

내일이 있어
오늘은 힘들어도 좋았고
따뜻한 봄이 있어
추운 겨울이 싫지 않았다

물가에 앉은
아기 같은 마음으로
세상을 바라보며
앞만 보고 걸어온 인생길
언제부터인가
내키지 않는 마음으로
끌려가고 있다

모든 시작은
끝에서부터 시작된다
오늘 끝에는 내일이 있고
겨울 끝에는 봄이 있다
오늘이 가지고 있는 하로의 의미
그 끝에는 삶의 가치가 있다

그러나 인생의
끝에는 시작이 없다

사공의 뱃노래

소주를 가장 맛있게 먹던 사람들
해 저녁
바다에서 돌아온 출출한 기분으로
뱃머리 자갈밭에 둘러앉아
잡아 온 생선 으쓱으쓱 썰어 놓고
삼십도 신선 소주
양은 대접에 은근하게 부어
단숨에 들이키고는
회 한 점 집어삼키던
그 진한 소주 맛
꿀맛 같기만 한 소주 한잔에
피로와 시장기를 틀어낸다

바람을 안고 달리는
돛을 쳐다보며
지그시 감은 눈으로
바람을 읽어 내리든 사공의
실 눈빛 바라보며
미소 짓든 어부님들

주거니 받거니 오고 간 술잔에
얼근히 취한 걸걸한 목소리로
불러주던 사공의 뱃노래
그 구성진 유행가 가락
작은 포구 뱃머리에 남겨놓고
먼 길 떠난 옛님네들
봄이 와 꽃이 피고 잎이 피어
고기 때 몰려들면
긴 잠에서 깨어나
젖은 옷 툭툭 털며 포구로 내려오시려나

* 신선 소주: 1950, 60년대 포항 주조에서 생산하던 소주

파도 소리

깊은 밤 파도 소리에
잠 못 이루어
첩첩이 쌓인
세월을 품고
바닷가에 내려앉으면
가슴을 파고드는
은빛 울음소리

겨울 한밤을
몰아치는 바람과
차디찬 달빛을 안고
몸서리치는
파도의 몸부림이
문풍지를 울리는
겨울밤의 세레나데

별을 품고 누워
고요의 적막을 깨우는
흐느낌
파도는 그렇게
애절한 외침으로
내 영혼을 깨운다

갈매기

너인들 어찌
꿈이 없겠느냐

외로움 한 자락
토해놓고

석양 너머로 날아가는
너의 날개 위엔

황혼이
무겁게 내리는구나

노적암(露積岩) 소나무

노적암 바위 위에
뿌리 내린 소나무
천연스럽게 하늘을 이고
바다를 마주하고 앉아
날아 더는 새들과
갈매기들을 동무하여
세월을 잊고 산다

너무 늙어서
세월을 잊은 소나무
언제나 갈증에 목이 말라
고만큼 자란 작은 키로
바람이 불면

흔들리는 가지 끝에서
푸른 잎들이
춤을 추며 휘파람을 분다

때로는
한가로운 저녁 시간
느닷없이 날아온 한 쌍의 학이
높은 가지 위에 내려앉아
긴 다리를 곧추세우고
소나무와 키재기를 하고 간다

* 노적암 소나무: 대동배1리 마을 한복판 바다 앞에 솟아있는 바위 위에 옛날 마을 어르신들이 흙을 져다 올려서 심었다는 소나무. 100년이 넘었다고 하나 좁은 바위 위 부족한 수분에 아직도 고만고만하다. 노적봉 소나무 2023년 바다를 건너온 재선충 병마에 시달리다 서서히 죽어 갔다.

구룡소(九龍沼)

아늑하게 내려앉은 풍광
웅장하면서도 소담한 자태로
세월을 비켜 앉은 구룡소
천둥 번개
쏟아지는 폭우 속으로
아홉 마리의 용이
하늘로 날아올랐다

용이다!
용이 올라간다!
인간의 외침이
바위 벼랑에 부딪히며
승천하든 마지막 한 마리
이무기 되어 바다로 흘러내렸다

작은 소(沼)에서
높이 솟는 파도의 물줄기
그 높이가 바로 웅장함이다

봄이 오면
바위틈에서 피는 꽃들이
해풍에 세수하고
단장한 매무새를 뽐내며
아름다운 자태를 자랑한다

벼락 바위* 갈매기 쉼터에는
갈매기들이 한여름 내내
하얗게 페인트칠로 단장을 한다
바위틈에 뿌리를 내린
해국들의 보라색 꽃잎 위에
서리가 맺힐 때쯤이면
가을은 만삭이 되어
낙엽을 거느리고
바위 벼랑을 굴러내린다

매서운 찬바람에
새들은 숨어들고
바위 벼랑에 부딪히며
하늘 높이 치솟는
물줄기를 일으키며
하늘 높이 솟아오르는
파도 소리가
메아리처럼 울리는
구룡소의 겨울

하얀 고드름이 덕지덕지
얼어붙은 바위 벼랑 아래
아홉 마리 용들이 동면하던
빈 동굴은
입구가 막힌 채
어둠에 갇혀 시간을 삼키고 있다

절벽에 부딪혀 돌아오는
우렁찬 파도 소리는
용솟음치든
용의 장엄한 울음소리요
소에서 솟아오르는 파도
그 백색의 공포는
인간의 접근을 금지하는 위엄이다

만대에 거슬러 이어갈

구룡소의 위엄

천둥과 번개 속으로

승천하든 용의 위용이

이 고장을 지켜주는 수호신이다

* 구룡소: 포항시 남구 호미곶면 대동배1리에 있는 자연경관. 용이 아홉 마
리가 하늘로 덕천했다. 그 광경을 바라본 인간이 용이 올라간다! 외치는
소리에 놀라 마지막 오르던 용이 바다로 떨어져 이무기가 되었다는 전설
이 있다.
* 벼락 바위: 벼락으로 산에서 떨어져 나온 바위. 갈매기들의 쉼터로 여름
이 되면 갈매기들이 모여앉아 싸놓은 분진으로 하얗게 페인트칠을 한 듯
하다.

계절과 계절 사이

비가 내린다
계절을 건너가는 다리를 놓는다
아직은 열기가 남아있는
한 가닥 바람이
선을 긋고 지나간다
계절과 계절 사이
밀려드는 파도가
바위에 부딪쳐
부서진 몸으로
하얗게 웃고 있다

계절과 계절 사이
틈새
끼어 앉은 시간은 우울하다
두렵고 우울해진다
바위 벼랑에 자생하는 꽃들도
봉우리 속에 숨은 채
계절과 계절 싸이를 비집고
세상을 내다보고 있다

시간이 정지할 것 같은
한낮의 열기에 지쳐
밀려가는 권태
어둠이 가져오는
불안한 일교차에
밀려드는 우울감
인간은 또, 명석하게
이 난국을 평정
풍요로운 가을을
들판 위에다 펼쳐놓을 것이다

(문학 미디어 2018년 봄호)

늦더위

처서가
여름 끝자락인 줄 알았는데
또 다른
여름을 몰고 왔다
피서들이 몰고 온
자동차 지붕 위에서는
처서를 따라온 늦은 여름이
불꽃놀이에 한창이다

더위에
풀이 죽은 내 몰골을
끌어안고
선풍기는
끈기 있게 돌고 있다

단풍 진 숲길을 걸어가는
낙엽 밟는 소리가
더위에 짓무른
마음의 벽을 허문다
무너진 벽 너머에
하얀 눈길이
시원스럽다

간다고 나선 길이면
영 가고 말지
뒤틀린 세월에 엮이었나!
원치도 않은 세상에
던져진 채 허우적이며
가을 소식을 전해주는
귀뚜라미 울음소리가
어둠 속에 애처롭다

절망

절망의 늪은 깊고 어둡다
답답하고 외롭다
어둠의 두려움으로
공포를 느끼고
막막한 외로움으로
울음을 토한다

절망의 끝은 짐작도 없다
지푸라기라도
잡아보고 싶은 마음으로
허우적거려 보지만
잡히는 것은 없다

어둠을 박차고
뛰쳐올라 보자
무엇이 두렵고 외로운 것이냐
세상 밖으로
뛰쳐 나가보자

아직도 너의 주인은 너다
마지막까지
너를 구속할 수 있는 것도
너일 뿐이다
두 팔을 펴고 태양을 향해
외쳐 보자
아직도 나는 살아 있다!

가족

가족이면
하늘도 외면 못 하지
가족이란
가시덩굴처럼 얽힌
울타리 속에서
깊은 믿음으로
얽혀 자라는 고귀한 화초
가족은 미워도 고와도
품 안에 있어
가족을 품은 가슴은
깊고 따뜻하지

사랑보다 더 깊은 믿음
나 자신의 한 부분인 양
나 속의 우리
울컥울컥 토해내고 싶은
감동의 슬픔에
마음을 끌어안는
그것이 가족의 사랑이지

막다른 골목에서
벼랑 끝에서
외줄기 빛처럼 잡고
매달려보는
가족이란 이름
하늘이
한 줄기 빛으로 보내주는
은혜로운 감사(感謝)
그것이 소중한 가족의 사랑이지

(문학신문 작품집 2020년 제4호)

사랑병

철없던 시절
가슴으로 앓아 보고 싶었던
사랑병
이른 봄에 피어나는
새싹 같은 여린 가슴에
깊이 뿌리내릴
상처인 줄 모르고
소중하게 심어놓고
애지중지 보듬어 온
영록(榮祿)의 꽃잎이
가시로 자라
가슴을 멍들게 하는
병이 되었다

낙엽 지는 가을
한복판에 서서
겨울을 건너
봄을 기다리는
초조한 마음으로
기다려 보는
그때 그 자리에
꿈인 듯 돋아나는 환상
그리운 추억인 줄 알았는데
깊이 뿌리내린 병일 줄이야

고독

1

내가 있는 공간이
너무 넓어서 외롭다
외로운 것은 나인데
내게 얽매인 시간이
더 외로워한다

밤이 되면
나를 둘러싼 어둠이
숨이 막힐 듯
적막하다
어둠은
왜 저토록 답답해할까!

어둠이 나를
밀쳐낸다
밀려나는 내가
시간을
건너가고 있다

나는 오늘도
황홀하게 혼자다

2

외출에서 돌아오면
내 집은 언제나 혼자 있다
어느 때는
무지막지한
시간만 쌓여 있고
어느 때는
버리고 온 세월들이
나를 기다리고 있다

시간과 세월이
앞뒤에서
나를 잡아챈다
나는 주저앉아
머릿속에
차곡차곡 쌓여 있는
세월을 뒤지고 있다

(문학 미디어 2018년 봄호)

원망

사춘기를 지나면서
가장 먼저 느낀 것은
돈 없으면 사랑도 못 한다

여름날
좁은 골목길 울타리 아래
쭈그리고 앉아
이마에 지끈지끈
땀방울을 짜내면서
생각한 것이
바다로 간다, 고기 잡으러

살아보니 세상살이
만만치 않았는데
고기 잡는 일이 만만한 것 같아
바다에 빠져 살았다
고놈들 똥글똥글한
원망이 담긴 눈망울들이
부담스러웠는데
내 저승길에 따라올 것만 같다

안타깝게도 죽음으로
정을 나누어 준
그 영혼들
이제사 생각하니 가여워
내 저승 가는 길에
옆구리에 끼고
다시 데려다줄 거다
평화로운 그 해역으로

구룡소 고개 위에서 내려다보는 석양

제3부

인연에 대하여

용왕의 아들

오십 년
어부의 역사가 기적을 만들었다
이 톤짜리 낡은 목선으로
꿈에나 생각했던
큰 고래를 잡았다

금년이 마지막 해이거니
하면서 삼 년
고래를 육지로 끌어 올려놓고
어부는 허리를 쭉 편다
먼 수평선을 바라보며
고맙습니다. 용왕님!

위판장에서 누군가는
로또 당첨입니다.
이제 퇴직하라는
퇴직금입니다.
육십 년 장기근속 상금일세

살아오면서
애당초 기적 같은 것은
바라지도 않았다
나는 마음속으로 외친다
나는 성실하게 살아온 어부
용왕의 아들이다

앞만 보고 걸어라

아이야
돌아보지 말고
앞만 보고 걸어라
돌부리에 차일라
돌아보면 아쉬움이
왜 없겠느냐!
잘못된 일이 있다면
가는 길에 거울삼거라

아이야
앞으로 가는 길에
머뭇거리지 말 거라
또 다른 시선들이
너를 따라올 것이니
오늘의 소중함으로
내딛는 걸음마다
무게를 두거라

네가 가는 길에서
지나치게 벗어나면
훗날 큰 불행으로
돌아올 수 있느니
네가 미워하는 사람은
그 역시 너를 미워할 것이다

너의 작은 베풂에
은혜받은 사람들이 주는
고맙다는 한마디 인사가
작은 등불이 되어
네 인생을 밝혀 줄 것이니
너를 지켜보던 많은 사람들이
하나같이
너를 그리워하는
그런 사람이 되었으면 좋겠구나

(한국 문학인 2018년 가을호)

6월에는

6월에는
5월의 들뜬 기분에서 벗어나
엄숙한 마음으로
호국 영령들을 기리는
가벼운 묵념으로
새로운 아침을 맞아보자

6월에는
찬란한 아침 햇빛이 주는
감격으로
두 팔 힘차게
허공에 펼치고
그들의 의지를 담은
새 희망을 외쳐 보자

깊은 계곡
울창한 숲속에서는
아직도 들릴 것 같은
고뇌에 찬 함성이
울려 퍼지는

6월에는
호국 영령들의 넋을 위해
작은 감동에도
고개 숙여 고마움을
전하는 감사를 해보자

6월에는
아침을 내리는 태양 빛에
그들의
숭고한 희생이 담겨
소리 없는 함성으로
이 땅에 내리고 있으니

내가 아닌 우리에게
권력이 아닌 믿음으로
해쳐진 옷자락
겸손하게 여미고
엄숙한 마음가짐으로
나서 보자
이 황막한 세상에
새롭게 피어날 꽃들을 위하여

할머니의 유모차

아들 손자 다 떠나고
소중하게 남은
낡은 유모차
인생 끝자락에 남은
유일한 가족이다

늙어가는 세월을
느끼기나 했을까

유모차 등받이에
옹아리 남겨놓고
시대 물결에 휩쓸려간
어린 손주들

방파제 너머로
넘겨다 보이는
바다와 맞닿은
하늘 끝에 매달린 그리움
눈물 고인 시야 속으로
날아가는 갈매기
서러운 울음소리같이
눈가에 매 달여오는데

엉덩이 맞대고
둘러앉은 밥상머리
주린 배 채우던
가족의 정 그리워
잃어버린 입맛
물 한 모금으로 다시고
빈 유모차 밀고 나온
할머니 굽은 등을
오 여름 한낮
햇살이 토닥여 준다

바다가 좋았다

바다가 좋았다
바다가 좋아서
평생을 바다에서 살았다

고기들과 주고받은
대화 속에서
시어(詩語)를 찾았다
그래서 내 詩 속에는
비린내가 난다

나는 매일 밤
비린내와 짠물 내가
덕지덕지 묻은
시어들을 잡고
시름을 한다

바닷속에는
밤이면 별들이 내려와
사랑을 엮어내는
밀회를 했다

그 사랑이 고와서
너무 고와서
가슴으로 끌어안았다
가슴속에는
바닷물에 잠겨 얼룩진
사랑이 가득 담겨왔다

어부의 바다

어부의 삶은
땅에서
한발 내려서는 삶이다
처음 그 마음은
서글픔이었다

몰려오는 파도의 공포는
삶의 두려움이었고
고요하게 잠든
바다의 적막은
서러움이었다

목구멍으로
꾸역꾸역 넘어오는
서러움은
바닷속만큼이나
깊은 가슴속에
묻어놓고 살았다

긴 세월 돌아보니
갑자기
남은 날들이
눈앞에 다가선다

한발 내려선 바다에
두고 온 세월이
그립든가
돌아 보이는 바다가
아쉬운 양 매달린다

고향

잃어버린 유년의 고향이
눈에 삼삼 그립다
이른 새벽
포구에 깔린 물안개 위에
둥둥 떠 있는
초가지붕 위에서
새벽잠을 깨우던
까치들의 울음소리

산비탈 숲에서 내려오는
바람이
물안개를 걷어내면
파랗게 알몸으로
내리는 바다 위에
아카시아 꽃향기 내려와
잠겨드는 포구

포구를 휘돌아 나가는
갈매기들의
개으른 울음소리로
깨어나는 신선한
갯마을의 아침
헐벗고 굶주려도
마냥 좋았던 유년의 고향

포구를 밝히는 불빛에
바닷속에 잠긴 고향의 그림자
그리워
달 밝은 밤이면 천 리 길
꿈속을 달려가는
고향!

파도 2

깎아지른 바위 절벽을 향해
무지(無知)하게 밀려드는
저놈의 파도는
흡사 어린 날의 내 고집 같다

미련스럽기는 하늘에 닿을 듯
제 몸 부서지는 줄은 모르고
부서져 허공으로 날아가며
바위 벼랑에다 대고
토해내는 항변

뉘 알까?
몽매한 어리석음이
빚어내는 저 우둔한 몸부림
끝내 하얗게 토해놓은
울음 위에 늘 부러진
육신을 버리고
막막한
하늘 끝으로
날아가고 싶었던 인생

오늘 새롭게
저 벼랑 끝에
부딪쳐
부서지는 꿈에서 깨어난다

인연에 대하여

형과 함께 뗀 목배를 만들어
봄이면 주인들이 배어가고
남겨놓은 미역을 따고
보리베기 철이면
몰려드는 날챙이를 잡아
보릿고개를 넘었다

어머니 광주리에 담겨간
날챙이는
보리쌀로 돌아와
우리 배 속을 채워주었다
그때부터 바다는
내 가슴속에 들어와
자리 잡은
은혜로운 인연이었다

짝사랑

암벽에 부딪쳐
흘러내리는
풀죽은 파도
밤새
암벽 작은 구석까지
입 맞추고 비비며
애무로 태워버린 열정

짝사랑으로 지새운 밤
아침 햇살에
눈 비비며
수줍음 입에 물고
잠수 타는 파도

자연의 고향

산은 한결같이
바다를 향해 내려와
바닷속으로 뿌리를 내렸다
산자락에 매달린 나무들은
바다를 건너온 바람과
파도를 마주하고
산자락을 걸어올린다

고요한 밤이면
별들이 잠겨 더는
바다를 품어도 보고
태풍에 밀려드는 파도가
허리 말을 휩쓸어 가도
일관된 침묵으로
산자락에 매달린 숲들을
끌어안고
위엄으로 일어서는 산

먼 해로를 건너
밀려온 파도가
산자락을 베고 눕는
정겨운 풍경

산이 앉은 자리까지
바다의 고향이요
바닷속 잠긴 산의 뿌리
산의 고향이니
서로 가슴 비비며
마주 앉은 자리

인적 없는 외진 곳에서
밀려드는 파도와
마주치며 외치는 대자연의 향가
조개 껍질 파도에 밀려와
산과 바다 경계를 그어 놓고
젖은 손 내밀어 마주 잡고
하얗게 웃으며 부둥켜안는 그곳이
때 묻지 않은
우리가 지키고 가꾸어야 할
우리의 보배로운 역사와 함께
이어갈 때 자연의 고향이니라

바람이 일러주고 가는 말

이보시오
한 시대 흐름을
따라가기도 박한 세상에
과거사에 매달려
무엇을 찾으시오

있는 듯 없는 듯
본 듯 못 본 듯
돌다리 건너뛰어
넓게 바라보면
세상 평온한 곳도 보일 터

수 없이 배들이 오고 간 바다
왜적의 무리 휘젓고 간 흔적 없이
바다는 오늘도 저토록 평온한데
꽃피고 잎 피는 언덕마다
어찌 억울한 울음소리
없다 하리요

큰비에 떠내려간 산자락도
세월이 쓰다듬어
꽃피고 잎 피는
동산으로 만들어 놓으면
벌 나비 날아와
새 세상 만들지요

흐르는 물길 다스리는 사람 있어도
세월 막아서서
다스린 사람 없었으니
사람의 손길보다
세월의 손길로 다스려 놓으면
서로 흐르는 세월
따라올 것이요

내 것, 내 생각만 옳다고 하면
또 다른 사람과 다툼이 생기니
남의 것을 보면서
나를 돌아보는 것이
가장 올바른 배움이 될 것인즉

혼자 사는 세상 재미없으면
사람 사이 비집고 앉으면
다 정겨운 이웃
손을 뻗어 잡아보면
따뜻한 온기 마음으로 전해오지요

모두가 걱정스러워
안절부절못하는 모습
마음으로 넘겨보시오
모두가 내 민족
다 같은 나라 사랑인데
조금씩 방법이 다를 뿐

한 걸음 물러나 멀리 보시오
우리 땅을 넘겨보는 이웃들
정다운 이웃인지
역겨운 존재인지
스쳐 가는 바람의 소리에
실려오는 귀에 거슬리는 소리라
귀 막고 눈 가리면
그림자처럼 젖어들 것이오

36년 일제에 피눈물 홀리며
지켜온 땅이요
대국들이 갈라놓은 국토에서
한민족끼리
피 터지게 싸워온 슬픈 민족이요
정녕 이제는 제정신으로
바로 보고 지켜야 할 땅이요
누구 한 사람도
어깃장으로 멈출 수는 없소

이제는 오직 하늘을 바라보고
우리의 길을 가야 할 때
내가 아닌 우리로 뭉쳐야!
누구도 이 나라를 배척하고
떠나지 마시고 보내지 마시오
싫어도 내 조국 미워도 내 국민
자손 대대로 우리가 지켜야 할
우리의 나라입니다

오월이 오는 길목

오월이 오는데
어머니는 가신 후
돌아오시지를 않으십니다
살아계실 때
어머니 가슴에
꽃 한번 달아드리지 못한
그 한을 풀지 못해
오월이 오는 길목에서
어머니를 그리워합니다

허기진 배 졸라매고
넘어오시던 보릿고개
서산 넘어가는 해를 잡고
보릿고개 주저앉아
통곡하시든 어머니

지금은 너무나 달라진 세월에
화려하게 돌아오는
오월이 낯설어
돌아오는 길을 잃으셨나요

오월을 가로막은 보릿고개
그 세월 치마폭에 감싸 안고
가신 어머니
오월이 화려하게
꽃마차 타고 돌아오는
그 길목엔
아직도 들려오는
어머니의 통곡 소리

관광버스

시골 사람들
삶의 애환 풀어내는 관광버스
흔들리는 버스에
삶에 지친 마음을 싣고
구성진 유행가 가락에
오늘을 흔들어 보자

쿵작쿵작 쿵 자작 쿵 작
인생살이 뭐 다 그런 그지 뭐
우리네 삶에
언제는 애환이 있었던가

눈물 나는 구성진 가락도
마냥 즐거운 오늘은
살맛 나는 날
아무도 말리지 말아요

일 년 동안 모은 적금으로
좁은 세상 속에 살든 사람들
넓은 세상 구경하러 나온 날
오늘은 법도 질서도
모두 우리가 정합니다

삶에 찌든 마음들 풀어놓고
세상 구경 인간 구경
구름 따라 흐른다

좋으면 좋은 대로
싫으면 싫은 대로
주어진 인생
길면 긴 대로
짧으면 짧은 대로

내 손에 있고
내 품에 있는 것이 내 것인데
많으면 나누어 먹고
작으면 얻어먹고
인정으로 사는 세상
살맛 나는 세상
정으로 사는 우리네 인생살이
관광차에 싫고 근심 걱정 잊어보자
네 박자 쿵 작

수평선

바라볼수록 정겨운
수평선
마음이 외로워
누군가 그리울 때도
삶이 힘들어 숨이 찰 때도
끝없는 수평선 바라보며
쉬어가는 짧은 시간에도
목말라 마시는 냉수처럼
시원스럽게 마음에 젖어오는
수평선

보랏빛 영상 속
동경의 시선으로 바라보는
상상의 세계
우리 어머니
고기잡이 나간 뱃사람들
무사 귀환을 빌며 기도드리던
신의 영역

어린 날
내 꿈을 꼭꼭 숨겨
간직해 놓은 나의 미지의 세계
이다음
내 영혼이 돌아가
편히 쉬고 싶은 그곳
수평선

낙엽

한 세월 영화롭게 보내고
돌아가는
낙엽에도 영혼이 있을까

떨어져 안착한 자리에서
쳐다보이는
하늘에 걸려있는
남은 잎들의 마지막 모습

짧은 여정으로
생을 마감하고
영혼의 인도를 받으며
돌아가 안식처에
내려앉은 낙엽의 영혼은
하늘나라로 갔을까

연륜

내 뒤로
길게 줄을 서서
오늘로 다가서는 날들
오늘로 돌아올 때는
무엇을 가지고 올까

기다리지도 않고
외면할 수도 없는
천연덕스러운 얼굴로
내 앞에
낯설게 다가서는
날짜 하나를 펼쳐놓고
내가 밟고 건너간다

무엇을 잃고
무엇을 얻었을까
언제나 머릿속에
샘으로 남아
과거로 돌아가는
어제에서 느껴보는
아쉬운 오늘
돌아보면
발걸음에 차여 굴러가는 연륜

우리 어무이

우리 어무이
초저녁잠 못 이기시어
입은 옷에 주무시고
어언간 잠 깨시면
살아온 세월
살아갈 세상 두려움
염불에 엮어 풀어내시다
배게 새워 고이시고
벽에 기댄 채
눈물 바람으로 잠드시던
우리 어무이

피로와 졸음과
삶의 고뇌와
어둠 속 한 판 승부
부스스 부은 얼굴
찬물로 눈물 자국 닦아내시고
새벽바람에 시작되는
또 하루의 노동
한평생 몸에 밴 그 세월
쓸어안고 떠나셨다

우리 어무이
오월 보럿고개 위에
내려놓고 가신
삶이 애달파
올해는 꽃마차 타고
돌아오시려나 기다립니다

한창 무리 지어 활짝 핀 찔레꽃

제4부

영혼의 고향

사진 속에 그리움

지나고 나면 그리운 것들
긴 세월 담겨있는
작은 사진 속에서
나를 불러내는 사연 하나가
커다랗게 다가온다

빛바랜 흔적이
누렇게 세월을 뒤집어쓰고
들국화 꽃잎 위에 쌓인
그리움을 끌어안고
기다림에 지쳐 바라보는
그리운 얼굴

가을 명상(冥想)

앞산 숲을 물들인 가을이
오늘 아침
성큼 창문 앞으로
다가선다

칠팔월 짙은 초록색으로
숨통을 조여 오던
열기를 식혀내고
열정을 풀어내는
고운 색깔로
성큼 다가선 가을

오랜만에 시원스럽게
가슴을 열고
가을 아침
명상에 잠겨본다

세월 무상

세월은 오는 것일까
가는 것일까
내가 처해 있는
지금 이 시점에서는
세월이 온다고 해야 하나
세월이 간다고 해야 하나

힘들고 어려웠을 때
탄식하는 마음으로
언젠가는 내게도
좋은 세월이 올 날이
한 번은 있겠지

기다리던 세월이
나 몰래 왔다가
나 몰래 가버렸나

세월 끝자락에 내려앉아
닿은 곳이 인생 끝인 것을
오면 어떻고 가면 어때서
아침에 바라볼 수 있는
태양 빛이 신비로운 것을

새벽 산책(散策)길

어부들의 삶이 매달린
포구에는
오늘도 방파제를 두드리는
파도의 아픔이 있다

밤이면 별을 품었던
젖은 얼굴로
깨어나는 포구
등 굽은 어부의 새벽 산책길
발걸음에 채이는
갈매기들의 목마른 울음소리

첩첩이 포구에 쌓인
세월 들이
낡은 깃발처럼 펄럭이는 포구
한 시대에서 밀려난 어부의
굽은 등 위에 쌓인 세월이
왜 이리 무거운가

지난 세월 아쉬워
찾아 나선 새벽 산책길
어부의 발걸음이
자꾸만 지난 세월을 밟고
허공을 내달린다

비움의 고독

인생 끝을 바라보는
이때쯤에서
만날 수 있는
사람 하나 있었으면

마음속에 남아있는
묵은 감정 찌꺼기들을 비워내고
비워진 마음속에
아쉽게 남은 그리움을 담고 달려가
어느 세월 모퉁이
추억의 끈으로 얽어놓은
그리움 풀어놓고
긴 밤 지새며
남은 이야기하고 싶은 사람

인생 끝자락에서
느껴보는 삶의 진리 속에
고운 만남
맺어놓고 싶은
그른 인연 하나 그리워지는
고독한 밤
마음 한구석을 채워주는
그른 만남이 그립다

시간의 여백

내 하루가 완전 공백이다
하얀 눈밭을 바라보는
공허함 같은
하루라는 하얀 백지 위에
그릴 것도 쓸 것도 없어
백지로 남은 하루에
어스름 어둠이 내려와 쌓인다

아침이면
휴지처럼 버리고 가기엔
아쉬움이 남는 백지 위에
가을이 내려와 쌓이고
밤이면 어둠이
읽을 수 없는
그림으로 채워간다

아침과 어둠의 공간 속으로
내가 가고 있다
지금까지 걸어온 길과는
너무나 다른 낯선 길 위에서
헤매이다가
무엇인지도 모른 채
시간은 백지 위에
여백으로 남는다

아버지

오십일세 젊은 나이에
보릿고개
그 먼 하늘길
떠나간 아버지
그림자마저 잃어버린
아이의
멍한 눈망울 속에 감춰진
눈물방울
금수저인 양
품고 살아온 세월

누구는 흙수저를
두들겨
갈고 닦아서
금수저로 만들었을까
평생을 잊은 듯 살았던
아버지란 이름
내게는 금수저보다
소중한 이름이었다

TV 드라마 속
아버지 등에 매달려
응석 부리는
아이들의 어리광이
눈물 머금은 시야 속으로
가슴으로 다가온다

수평선

푸른 해원
끝자락을 보듬고
아스라이 다가오는
수평선

손을 내밀면
잡힐 듯
팔을 벌리면
품 안에 안겨 올 듯

눈에 삼삼
다가오는
그리운 환상

차마 버리지 못해
아득히 먼 곳에
갈무리해 온 어린 날의 꿈
꽃으로 피워 들고
닦아오는 수평선

어젯밤 꿈속에서
바다를 건너와
내 머리맡에 구름 꽃을
피워놓고 돌아갔다

대화

아무도 없는 빈방에서
유유히 흐르는 시간은
거만하기 짝이 없다

누군가 왔으면 좋겠다
어린 아기라도 와서
아주 큰 소리로 한바탕
울어주던가, 아니면
늙은 여자라도 좋겠다
묶은 이야기로
대화를 엮어 가다 보면
시간은 멀찌감치 밀려날 것이다

텔레비전이 진종일
좁은 방안에다
쏟아 놓는
코로나바이러스에
소름이 돋는다

방안에 대화 상대가 없으니
시간이 나를
좁은 공간
무거운 침묵 속에다
버무려 놓는다

쫑알쫑알 대며
옆에서 널어놓는
영양가 없는 아내의 잔소리가
오늘따라 귀가 간지럽도록
기다려진다

내일은 병원으로 가서
아내를 데리고 와야겠다

하얀 돛단배

오월이 오면
아이는 갯바위에 걸터앉아
남쪽에서
불어오는 갈바람에
돛을 올리고
고기잡이 나가는
배들을 배웅한다

하얀 돛단배
황포 돛단배
검정 돛단배들이
바람을 안고 고기잡이 나가는
풍광 속에 아이는
하얀 돛단배를
마음에 품고 사랑했다

앞서거니 뒤서거니
멀어져 가는 배들 속에
하얀 돛단배에
그리움을 실어 보내고
때로는
이별을 실어 보냈다

훗날 나는
내가 배를 만들어
하얀 돛을 달고
영일만에서
가장 나이 어린
꽤 이름있는
사공이었다

오늘은 간다

오늘은 간다
마음속에 남아있는
미련을 비워내고
지나온 세월
굽이마다 흘리고 온
내 청춘 찾으러 간다

허둥지둥 살아온 세월 뒤에
쓰레기처럼 버려진
젊은 날 내 청춘이
낯선 발자국에
밟히고 체이며
울고 있지 않을까!

오늘은 간다
샛바람 불든 바닷가
밀려오는 파도에
발등 적시며
바닷속에 던져버린
이별 찾으러

작별의 인사도
못하고
바람에 날려버리듯
보내버린 이별이
긴 세월
가시에 찔린 상처로 남은
그 이별 찾으러 간다

오늘은 간다
돌아보면 어제 같은데
지구 한 바퀴
돌아온 것 같은 긴 세월
그 세월 찾으러 간다

마음이 슬픈 날

어린 날 방황하던 해변
발아래서 뭉개지는
작은 자갈들의 소리가
귀속으로 들어와
뇌(腦) 속에 쌓이면서
나를 깨워 주던 묘한 신음소리

조용히 밀려왔다
미끄러지듯 밀려나는
파도의 끝을 밟으면
바다가 전해주는 향기를
담아 놓은 가슴 속에
구름 꽃처럼 피어나던
환상의 꿈

앳된 얼굴에
평생을 함께해 온
바다가 긁어놓은 주름살
청정 해역
바람에 실려 온
그 향기에
세월을 잊었을까

그래도 인생 끝자락에 서서
바라보는 바다는
언제나 정겹고
보고 있으면 가고 싶은 마음
가슴을 떠민다

어라! 내 인생
어찌 이리도
허술하게 늙어 왔을까
돌아보면 삭막한 주위
고독하게 내리는 황혼 저녁에
혼자인 것만 같은 오늘은
나도 슬프고
바다도 슬프게 누웠다

장마

질펀거리던 긴 장마가
그여싸 일을 벌여 놓았다

자연 풍경 수려한 골짜기마다
풍요로움에 취한 인간들이
버려놓은 쓰레기 더미
내려다보던 하늘이
보다 못해
물을 내려보내 청소를 한다
애써 지어놓은 농사도
집도 마을까지도
쓸어내렸다

노여움이 풀리지 않은
하늘이
하염없이 물을 쏟아붓는
물속에 가라앉은 삶의 터전
어디가 내 집이고
어디가 내 논이고
어디가 내 밭이더냐?

울부짖는 아버지의 고함소리
할 말을 잊은 어머니
낡은 짚신에
쟁기에 끌려가며
한 뼘 두 뼘 넓혀온
내 땅은 어디냐!

억장이 무너져
울지도 못하는 어머니
평생을 땅에 묻은
고달픈 인생
열심히 살았는데
남은 것은 입고 있는
젖은 옷 한 벌

구름 속에서 호통치는
조상님의 야단 소리에
넋 잃은 어머니
하늘에서 쏟아지는 빗물로
타는 목을 축인다

새로운 마음으로

아이야
아침에 자리에서
일어나면
마음부터 깨워라
깨어나는 새로운 마음에
작은 꿈 하나
챙겨 잡고
오늘을 시작하는
첫걸음에
천년의 역사에 묻어라
그리고
오늘은 새로운 시대로 가는
출발임을
새겨두어라

영혼의 고향

바다는 나더러
떠나라 하지 않았는데
나는 어느 날
평생을 함께했던
바다에서 내려왔다

시간이 갈수록
무언가를 잃어버린 것 같은
미련에
자꾸만 돌아보는 바다

내게 남은
삶으로 가는 길이
수평선으로 가는
길이였으면 좋겠다

물안개 위로
곱게 피어나는
꽃구름 속에 파묻혀
잠들고 싶은
내 영혼의 고향

내가 사는 고향은

내가 사는 고향은
내 소중한 유년의 추억이
남아있는 곳

내가 사는 고향은
내 소년 시절에
겪어온 숱한 아픔이

바닷가 모래밭 속
골짜기 흐르는 냇가
우거진 숲속
뒷동산 양지바른 잔디밭
구석구석
눈물 머금은 채 남아있는 곳

내가 사는 고향은
그 옛날에 살던 오막살이
좁은 방안에
어머니의 한숨과 눈물이
어둠 속에 범벅이 되어
내 가슴에 쌓여 있는 곳

내가 사는 고향은
많은 명작 들을
내 가슴에 체곡체곡
배움으로 쌓아주던 곳

나는 오늘도
고향이 준 배움으로
한 줄 한 줄 시를 적으며
나를 길러준 고향에
감사하고 있다

고별(告別)

곱게 가을이 익어가는 숲속
떨어져 내려앉은 설익은
낙엽 위에
그리움을 깔아놓고
떠나는 사람아

배웅하는 새소리에
가슴에 쌓아온
그 많은 연정도 내려놓고
훨훨 가벼운 걸음으로
하늘길 드시길

서산을 넘는 해가
산사(山寺)의 이끼 낀
기와지붕 위에
내려앉으며
목탁 소리에 휘감겨
울려 퍼지는 염불 소리에
바람에 떨어지는 낙엽도
당신의 상여 위에 내려앉으며
먼 길
당신과 동행하려 합니다

주위에 영혼들이
당신을 배웅합니다
당신을 만난 지 오십 년
우리는 가난하여 힘들어도
마음으로는 행복했습니다

이삼 년 후에는
작업을 거두어들이고
우리가 세워 놓은 계획대로
어선을 팔아
좋은 승용차로 바꿔서
국내 곳곳을 돌아보면서
어촌 어부들의 현 생활을
세상과 비교하면서
어부들의 삶을 책으로 엮어
남겨주고 싶은 어부의 삶에 대한
일들을 쓰려했는데
그런데
당신은 조금 일찍 떠났습니다

아이들이야 지금 다들
학업을 마치고 각자
제 자리에서 생업에

몰두하고 있으니
내가 더는 자식들에게
희생하지 않아도 되지만
이 몸은 어찌합니까!

여보!
이 길이 영원한 마지막 길이면
이 몸은 어찌합니까!
달 밝은 밤
찬 서리 내리고 귀뚜라미 울면
당신 그리워 어찌합니까!
홀로 바닷가에 나와
새벽이슬 맞으며
가을밤 새벽 날에
동쪽 끝에서 솟아오르는
눈썹달을 바라보며
흘릴 눈물이 얼마나 될까요

언제나 부푼 마음으로
그물을 올리던 새벽 바다
그물에 걸려 올라오는
오징어를 잡아 올리던
그 광경을 두고두고
추억담으로 하자 했는데
누구를 붙잡고 차마 흥겨워
남에게는 하고 싶지 않았던

그 순간을 이제는 어디에 두고
당신이 그리울 때마다
불러와서 춤이라도 추어 볼까요!

부처님 인도받아
편하고 안락한 세상에
정착하시어 기다려 주시면
내가 하던 일
모두 챙겨 놓고 당신 곁으로
갈 것이오

우리는 이승에 그냥
온 것이 아니요
이승의 부름을 받아
전생에서 맺어준
인연으로 이승으로 왔으니
아직은 우리의 책무가
남았을 터
이렇게 가시면 어찌하나요

돌아가도 함께 가야지
이다음 다시 돌아올 때는
내가 당신을 인도하리다

상사화

아내가 떠난 지 삼 개월
탁자 위에
밥그릇 하나
반찬 그릇 두어 개
젖은 손
수건으로 훔치고 의자에 앉아
내려다보면
어느새 떨어지는
눈물방울

이제는 혼자서 먹는 밥도
혼자서 자는 잠도
익숙해질 법도 한데

밥상머리 앉을 때마다
몰려오는 그리움
젖은 눈동자 속으로
간밤에 꿈에 본
아내의 모습이 피어난다

영원히 지울 수 없는
그림자 같은,
눈물로 씻어내린
얼굴 위에
영원히 지지 않는
상사화로 피어난다

당신의 흔적

빗속을 돌아온 바람이
방안을 휘돌아 나가며
가을 향기를 뿌리고 간다
입추가 지난 날씨답게
한풀 누그러진 더위가
마음을 붙잡고 늘어진다

노랗게 물들어가던 잎들이
흘러내리던
병원 뒤뜰의 고목의
한 시대를 벗어 내리는
무거운 상념이
내 목에 감겨 오던 오후
당신을 보내야 하는
내 마음을 흔들어
마지막 모습을 가슴에
남겨놓고 떠난
당신의 흔적
그 흔적 못내
지우지 못함을
왜 일러주지 않았을까

저녁 황혼에
우수수 떨어지던 잎들이
가슴에 쌓여오던 무게에
무너져 내리던 그리움
돌아올 기약 없이
떠나버린 당신이기에
가을이 지는 황혼에
떨어져 날리는 낙엽 따라
하염없이
날려가는 이 마음
어디에 의지할까요
가을밤 달빛 아래
귀뚜라미 우는 소리에
처량하게 매달려 있는 내 모습
별들이 안아주나요
한세월 살면서
가슴에 쌓아놓고 못다 한 말
그 말
사랑합니다! 사랑합니다! 사랑합니다!

고향길

고향 집은 언제나 그리운 곳
추운 겨울날에도
대문을 들어서면
따뜻한 엄마의 온기가
가슴을 안아주는 곳

엄마의 팔베개에
젖꼭지 물고 잠들던
따뜻한 아랫목
허겁지겁 달려온
가슴 썰렁한 그리움

허리 굽은 아버지
움츠린 어깨 위에
무겁게 쌓여 있는 외로움
그리움 한 가슴 안고 왔다
돌아가는 고향 집에
홀로 남겨놓은 아버지!

눈물 머금은 자식 외면하여
돌아서 주름진 손등으로
눈물 훔치며
빈방에 들어가
차가운 벽에 기대앉아
어머니 사진
하염없이 바라보고 있을
아버지 모습
목이 메어 얼버무린 인사

떠나는 자식놈 외면하며
돌아서 뒤통수로
굽이굽이 험한 길
운전 조심해서 천천히 가거라
터지도록 가슴에 담겨오는
목 메인 아버지의 목소리

덜컥거리던 험한 길
곱게 포장한 지도 오래 인데
돌아 나가는 구비 길이
왜 이토록 험하였든가

굽이마다
향수로 남은 고향길
하늘 같은 어머니의 사랑도
바다 같은 아버지의 믿음도
가슴에 안고 돌아가는
굽이진 길섶에 꽃으로
피워놓았으면

영일만을 건너가는 봄

봄이
영일만을 건너간다
여름을 꼬리에 매달고
파도 출렁이는
물결 위에
흩어진 꽃잎 밟으며

사뿐히 밟고 가는
발자국을
갈매기가 물어 올린다

염분에 젖은
치맛자락 말아 쥐고
영일만 건너가는 봄
절벽 위에
매달린 여름이
푸른 깃발을 펼쳐 들고
함께 가자고 외친다

인생 난간에서

아직도 남은 세월이 있어
미련을 버리지 못했나
마음이 원하면
몸이 움직여 준다는데
내가 할 수 있는
작은 꿈 하나
남겨놓고 싶어
오늘도 이 길을 돌아간다

작은 꿈일지라도
내 손으로, 내 살아생전에
만들어
내 영혼을 담아 놓고
싶은 것

오늘 해안 산책길에는
안개 따라
밀려온 수평선이
손에 잡힐 듯 다가서
나를 끌어안고
바위에 기대 세워놓았다

내 인생 난간인가!
이쯤에서
나지막한 비석(碑石) 하나 세워
내 짧은
시 한 줄 적어놓고 싶다

아버지의 늦은 귀가

누가 있어
애타게 찾아줄까
누가 있어
애타게 기다려 줄까
초저녁 어둠 사리 등에 업고
대문을 들어서는
아버지의 늦은 귀가
무거운 발걸음에
장화 속에 담겨온 바닷물이
파도를 친다

젖은 옷자락에
매달려오는 별들의 행렬
집 나간 가족들의 빈 자리
어두운 식탁 위에서
외롭게 기다리는 소주병이
아버지를 반겨주는데
맥없이 주저앉은
지친 아버지 앞에
별빛이 따라와 술잔을 따른다

어머니의 세월

무더운 여름날
산골짜기 비탈밭
해 질 녘이면
깊은 산 숲속에서
구성지게 울던 부엉이 울음소리
따라 우시던 어머니

부 웅 부웅!
이 모진 세상에
처자식 다 버리고
홀로 떠난 사람아
가여운 저 새끼들
나 혼자서 어쩌라고!
돌아보니 한스러워
깊은 산 숲속에 숨어서
넋 잃고 우는가!

모진 세월 지워내지 못하시고
가슴속에 품고 떠나신 어머니
그 세월
내 베갯머리 풀어놓으시고
새벽잠 깨워 주시는
어머니
유언처럼 간직하고 내가 산다

바람의 울음소리

언제부터 내 가슴에 들어와
비에 젖은 풀꽃처럼
눈물 머금었나!
지나가는 바람 소리에도
해변에 밀려드는
작은 파도 소리에도
하늘 저쪽에
물기 젖어 흐느끼는 별들처럼
가슴 저리도록
서럽게 울고 가는
바람의 울음소리

돌아오지 못할 사람
그리워
찾아 나온 해변
어두운 바다를 건너와
가슴에 안겨 오는
목마른 당신의
환상을 끌어안고
나는 오늘도
해안 길을 돌아 나간다

바람에 실려 오는
당신의 작은 울음소리
내 목덜미에 감겨 오는 해변
당신과 함께 오고 가던
산책길에 남겨진 채 버려진
이야기들을
바람은 오늘도
내 귓가에 전해주고 간다
달빛 바다

달빛 내리는 바다
숨차게 건너가면
옛날 그 시절이
그곳에 있을까

가고 싶다 그 시절
첫사랑
꽃잎 위에 내리던 그 달빛

보고 싶다
그 소녀
지금은 늙었어도

어디서 누구랑 행복할까

꼭 다시 만나자고
손가락 걸고 한 약속
잊었을까

달빛 바다 바라보며
두 손 잡고 거닐든 시간
바닷가에 묻어놓고
돌아서 가던 그 발자국 소리
귓가에 들리는데

무심결에 잡은 손
얼굴 붉히든 그 모습
사랑의 언약은 약이었을까
둘이서 바라보던
달빛 바다 저 건너
지금도
어딘가에 남아있겠지

하늘 계단

밤새 하얗게 태워버린
낮달이
하늘을 건너가며
졸고 있다

밤새 누구를 기다려
하얗게 태웠을까
내가 동무해 주고 싶어도
하늘을 오르는 계단이 없으니

혼자서 가슴에 묻어놓고
오늘 한나절을
태양의 꽁무니에
매달려
하얗게 태우고 간다

인생 구비

인생살이
돌아 돌아
아흔아홉 구비
지쳐 쓰러지듯
주저앉은 자리
건너보니 저승길이구나
못 이룬 꿈
가슴에 숨겨 두고
허둥지둥 밀려온
그 세월을 원망하리
마음속에 품었던
보석 같은 가족들
보내고 나면
그 빈자리
천금같이 소중한데

비바람 치듯
몰려드는 후회
이 무거운 회포를
어떻게 풀고 갈까

형산 미기
걸터앉은
저녁 해도 서러워라
영일만에
펼쳐놓은
저 황혼빛
저승길 돌아갈 때
다시 한번 돌아보고
젖은 오지랖에
고이 싸서
저승길에 숨겨 갈까

짝을 찾는
갈매기 울음소리도
함께 싸서 가지고 가면
영일만 향수 되어
그리운 맘 달래주련만
이승 같아야 로비라도 하지
올 때도 빈 몸으로 왔으니
부담 없이 가볍게 가세

겨울을 건너는 다리

둘러봐도 주위엔
아무도 없다
종일 있어도
대화 한마디
나눌 사람 없어
목이 잠긴다

대지 위엔 봄이 오는데
내게는 아무것도
올 것이 없다
팔자를 따라온 길이
여기라면
이제는 하늘을 보고
가야 할까

세월은 겨울에서
봄을 건너오는데
나는
겨울 냇가에서
세월을 건너는
다리를 놓는다